詳校官監察御史臣

檢討臣何思鈞

欽定補繪蕭雲從離騷全圖卷中

天問

天問者屈原之所作也何不言問天天尊不可問故曰天問也屈原放逐憂心愁悴彷徨山澤經歷陵陸嗟號旻天仰天歎息見楚有先王之廟及公卿祠堂圖畫天地山川神靈琦瑋僪佹及古賢聖怪物行事周流罷倦休息其下仰見圖畫因書其壁呵而問之以渫憤懣舒寫愁思楚人哀惜屈原因共論述故其文義不次序云爾

曰遂古之初誰傳道之上下未形何由考之冥昭瞢闇誰能極之馮翼維象何以識之明明闇闇惟時何為陰陽三合何本何化圜則九重孰營度之惟茲何功孰初作之斡維焉繫天極焉加八柱何當東南何虧九天之際安放安屬隅隈多有誰知其數天何所沓十二焉分日月安屬列星安陳出自湯谷次於蒙汜自明及晦所行幾里夜光何德死則又育厥利維何而顧兔在腹

女岐無合夫焉取九子

伯强何取惠氣安在

何闔而晦何開而明角宿未旦曜靈安藏

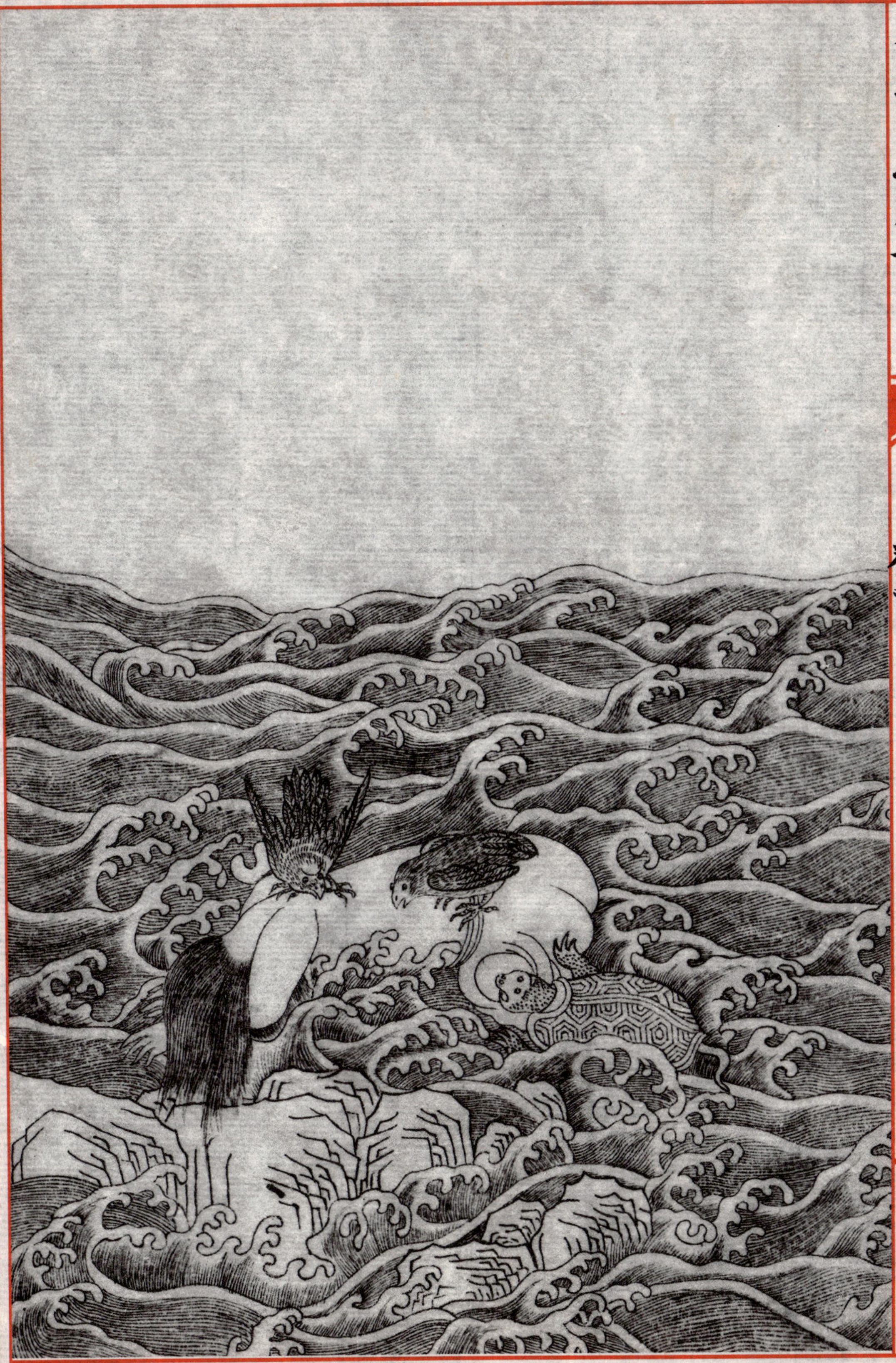

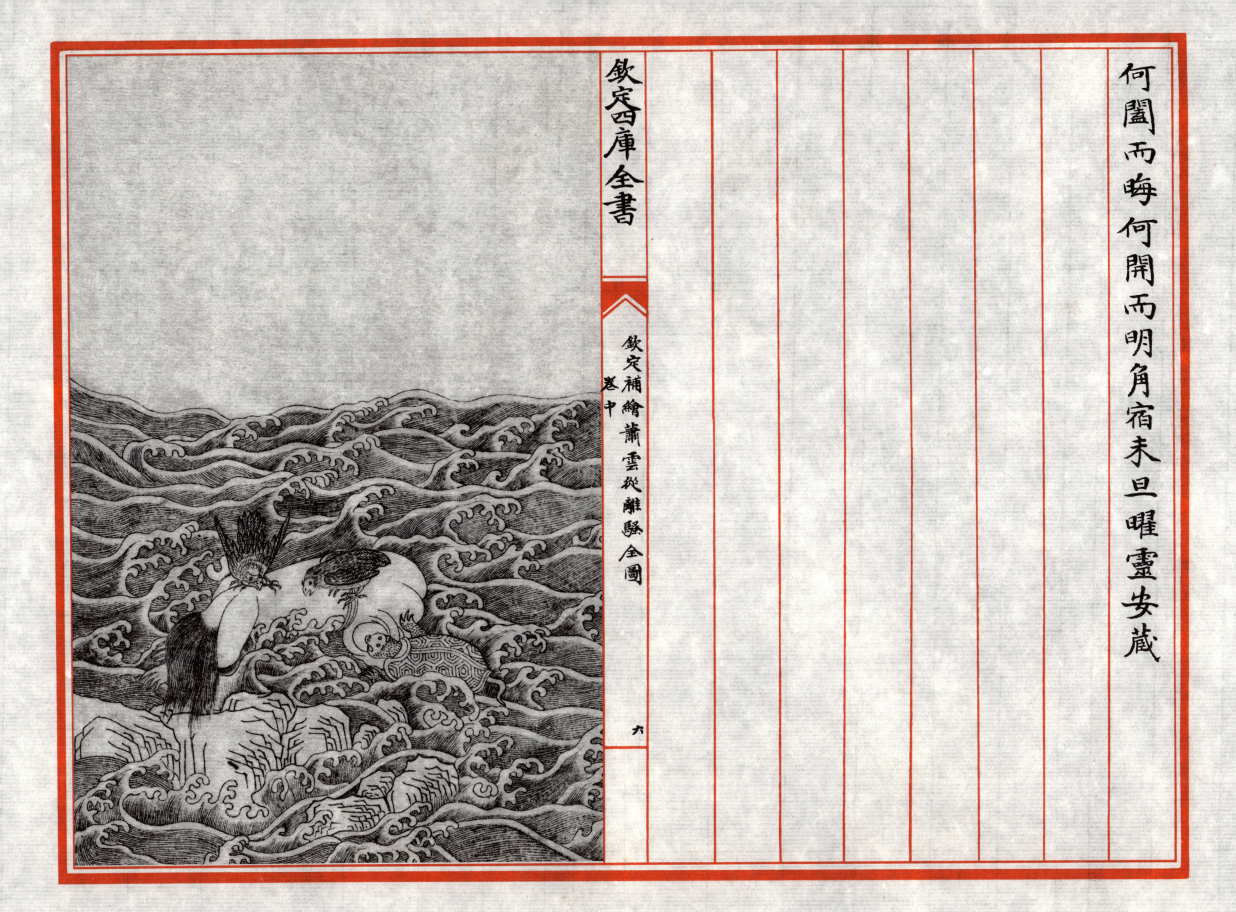

不任汩鴻師何以尚之僉曰何憂何不課而行之鴟龜曳銜鯀何聽焉順欲成功帝何刑焉永遏在羽山夫何三伯不施年禹腹鯀夫何以變化纂就前緒遂成考功何續初繼業而厥謀不同洪淵極深何以寘之地方九則何以墳之

應龍何畫河海何歷鯀何所營禹何所成

康回馮怒墜何故以東南傾九州安錯川谷何洿東流
不溢孰知其故東西南北其修孰多南北順橢其衍幾
何崑崙懸圃其尻安在增城九重其高幾里四方之門
其誰從馬西北闢啓何氣通焉

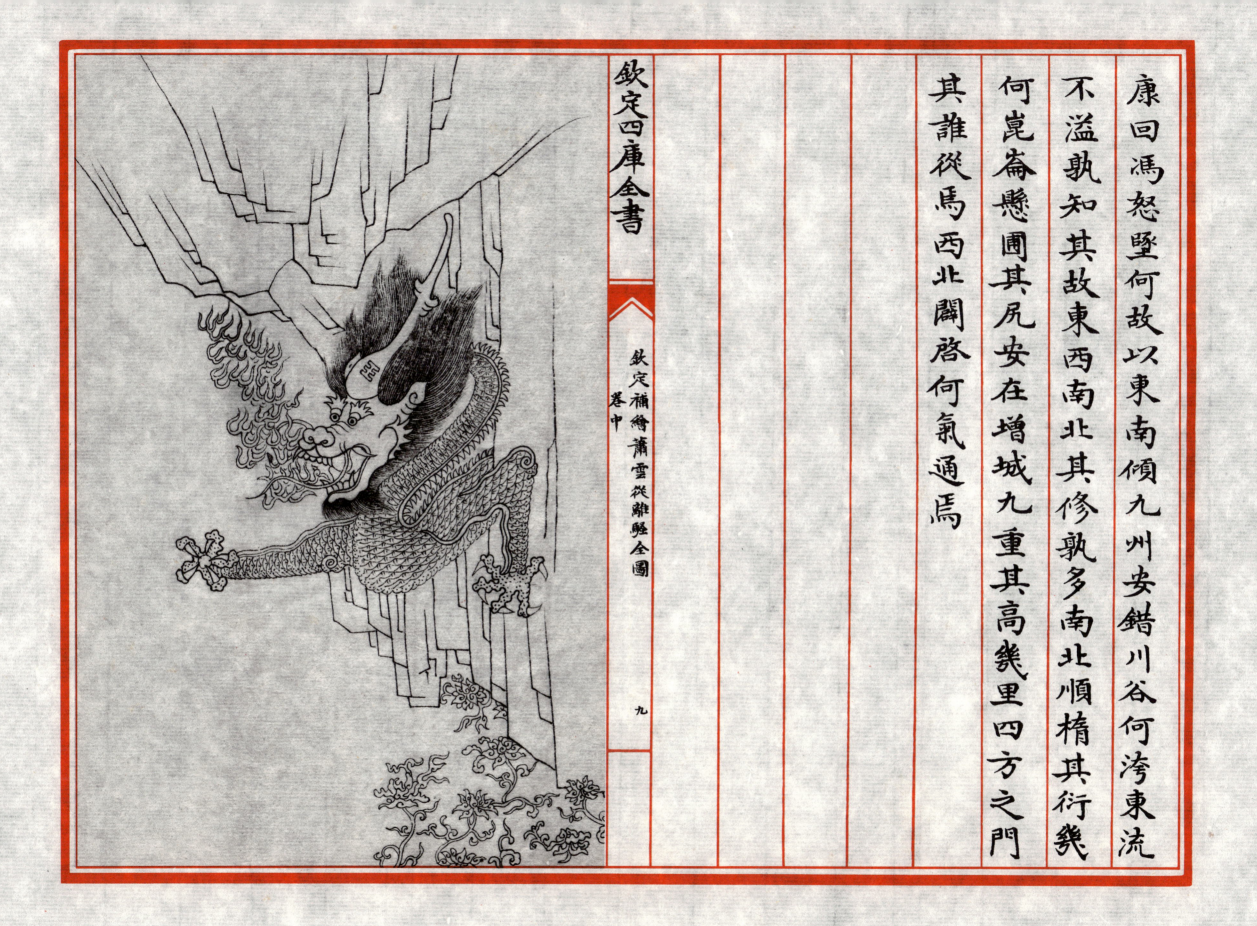

日安不到燭龍何照羲和之未揚若華何光何所冬暖
何所夏寒

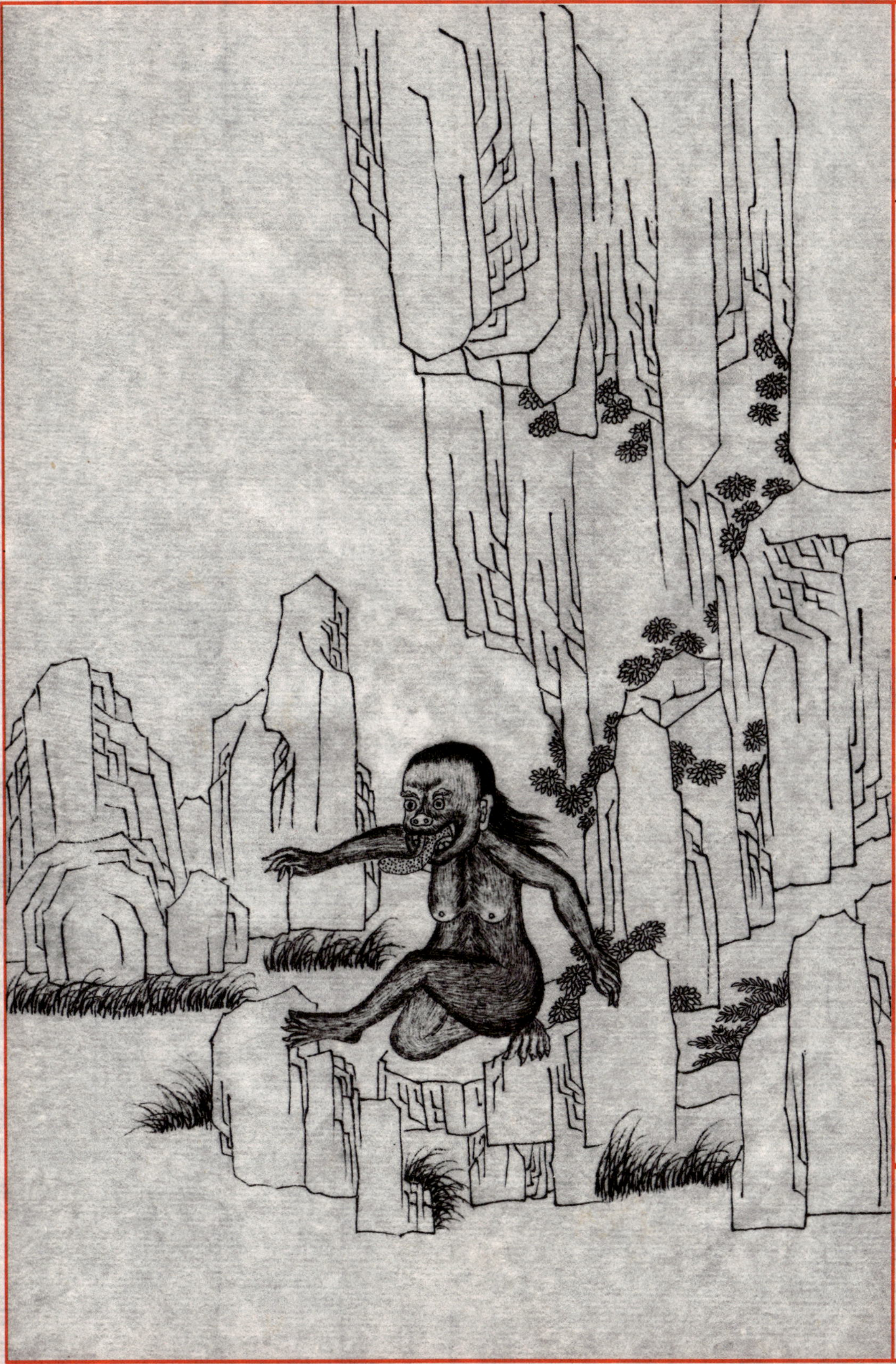

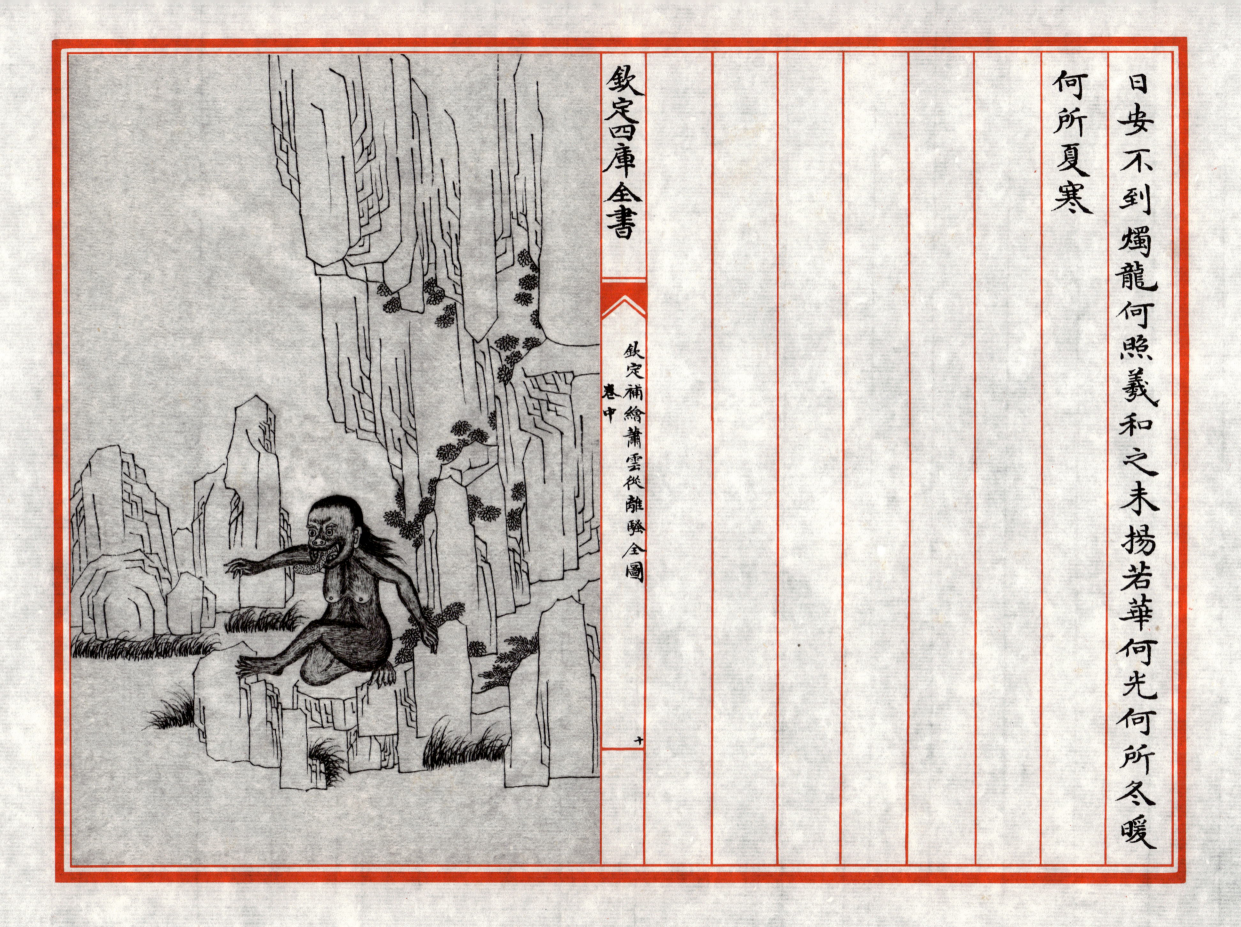

焉有石林何獸能言

焉有龍虬負熊以遊

雄虺九首儵忽焉在

何所不死長人何守靡蓱九衢枲華安居

靈蛇吞象厥大如何

黑水玄趾三危安在延年不死壽何所止鯪魚何所鬿
堆馬處

羿焉彃日烏焉解羽

禹之力獻功降省下土方焉得彼嵞山女而通之於台

桑閔妃匹合厥身是繼胡為嗜不同味而快朝飽啓代

益作后卒然離蠥何啓惟憂而能拘是達皆歸躬鞫而

無害厥躬何后益作革而禹播降啓棘賓商九辯九歌

何勤子屠母而死分竟地

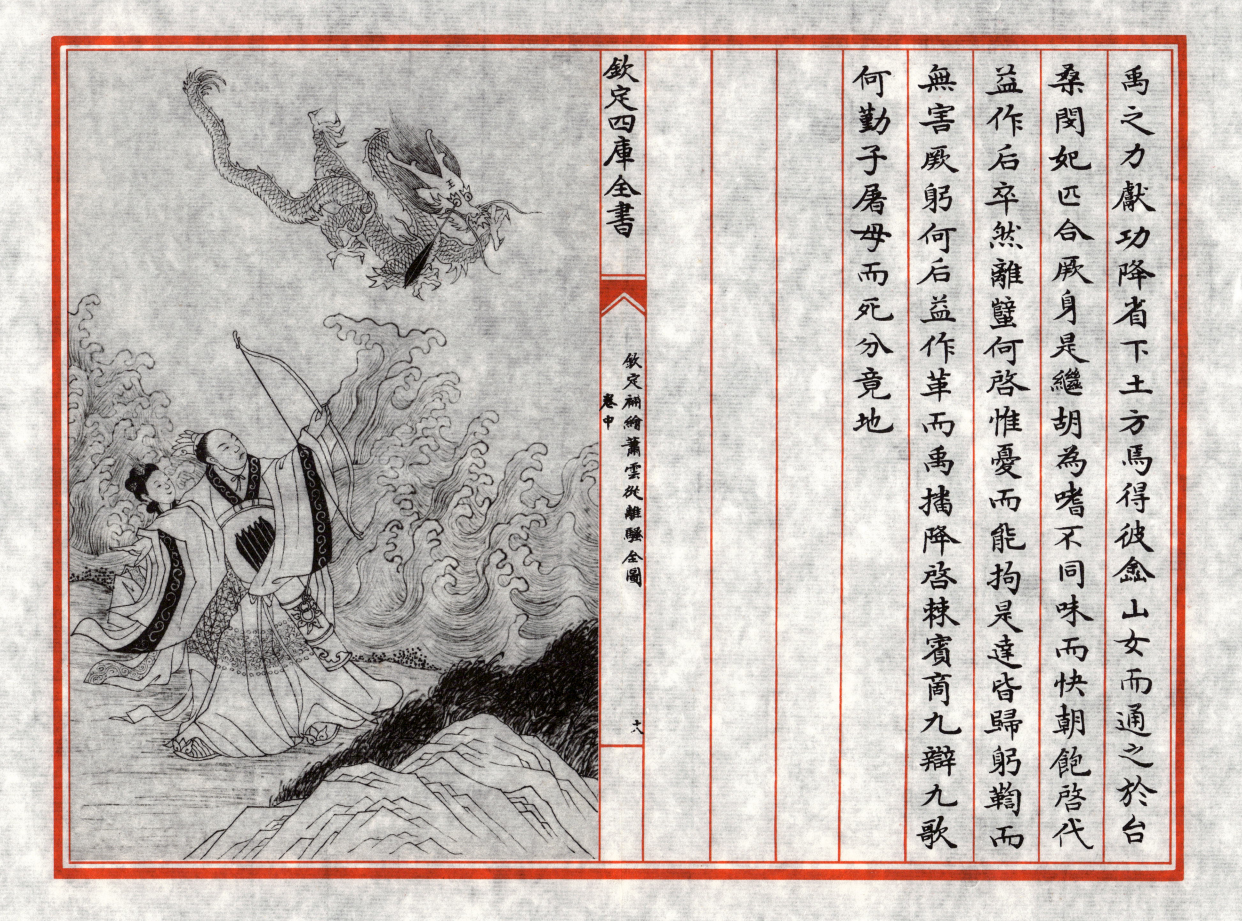

帝降夷羿革蠥夏民胡射夫河伯而妻彼雒嬪馮珧利
決封豨是射何獻烝肉之膏而後帝不若浞娶純狐眩
妻爰謀何羿之射革而交吞揆之

阻窮西征巖何越焉化而為黃熊巫何活焉咸播秬黍
莆雚是營何由并投而鯀疾修盈

白蜺嬰茀胡為此堂安得夫良藥不能固臧天式從橫
陽離爰死大鳥何鳴夫焉喪厥體

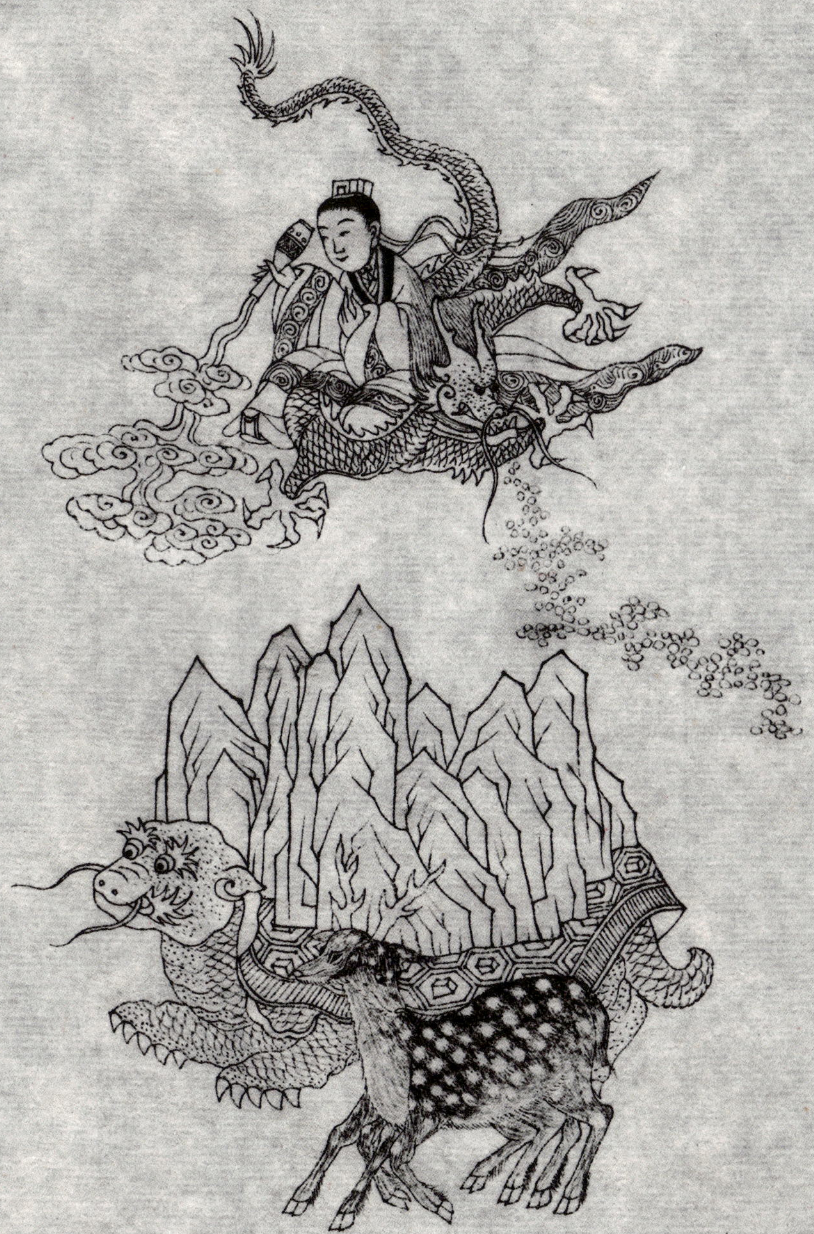

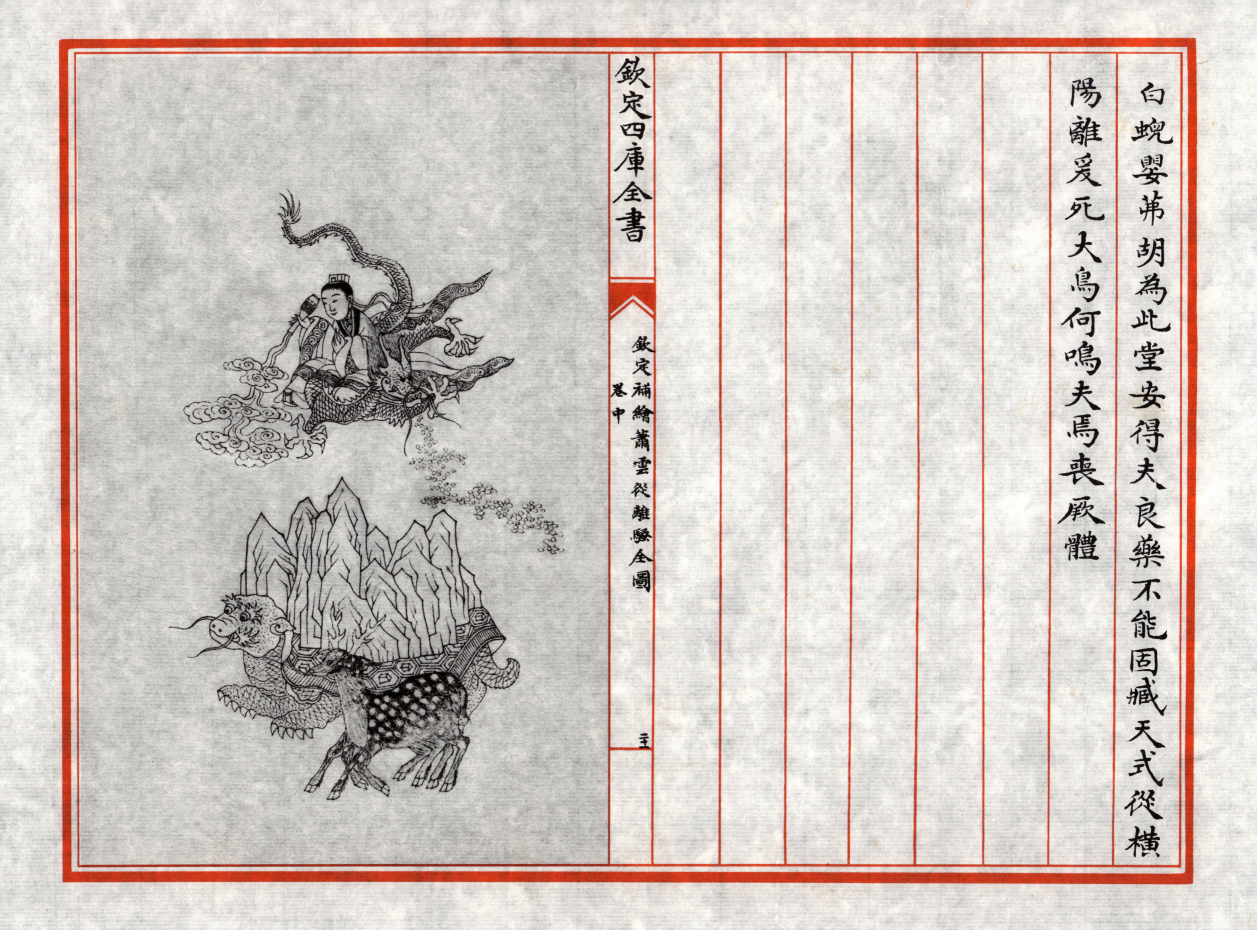

蓱號起雨何以興之撰體協脅鹿何膺之鼇戴山抃何以安之釋舟陵行何以遷之

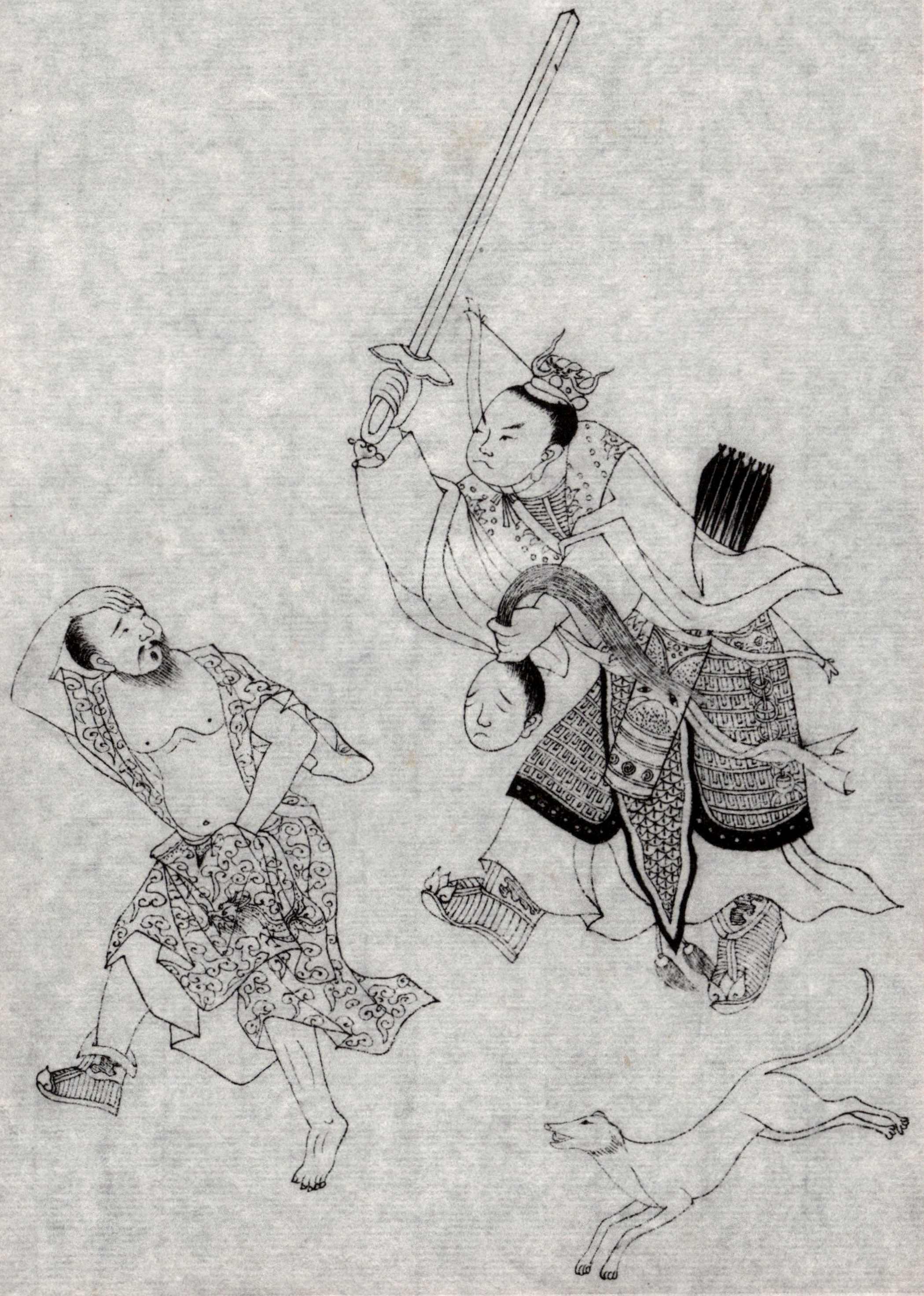

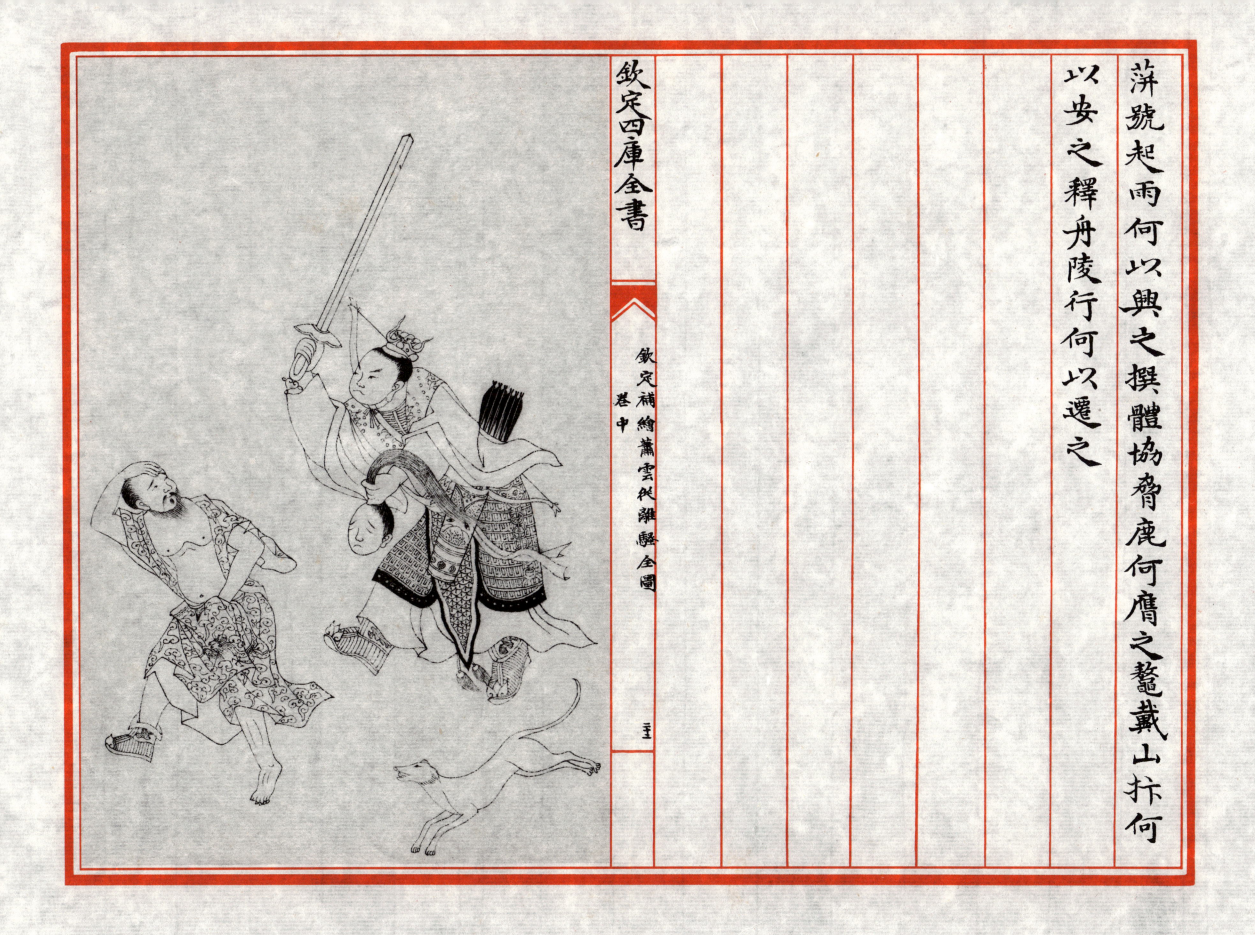

惟澆在户何求于嫂何少康逐犬而顛隕厥首女岐縫
裳而館同爰止何顛易厥首而親以逢殆

湯謀易旅何以厚之覆舟斟尋何道取之

桀伐蒙山何所得焉妹嬉何肆湯何殛焉

舜閔在家父何以鱞堯不姚告二女何親厥萌在初何

所意焉璜臺十成誰所極焉

登立為帝孰道尚之女媧有體孰制匠之

舜服厥弟終焉為害何肆犬豕而此身不危敗

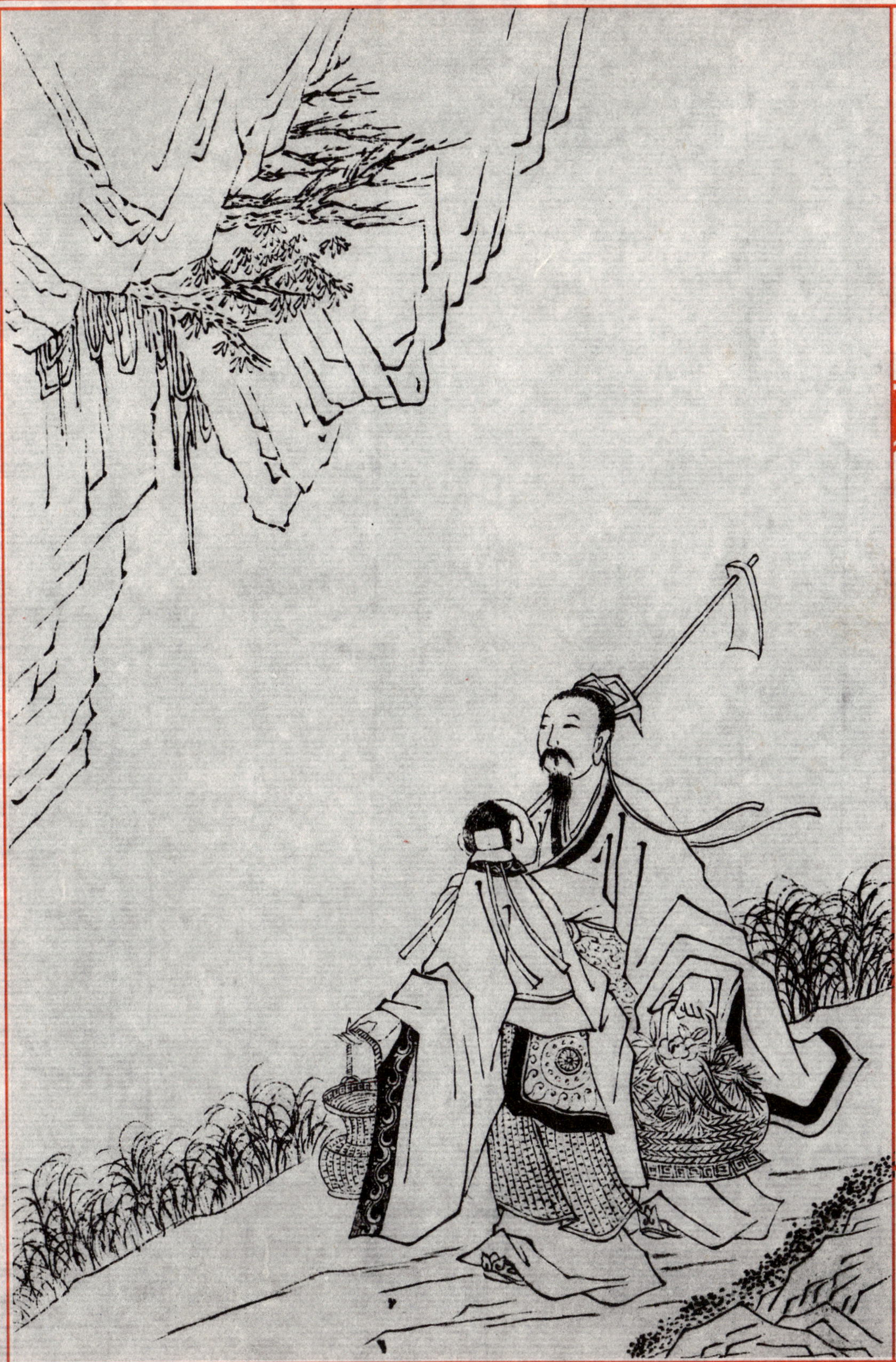

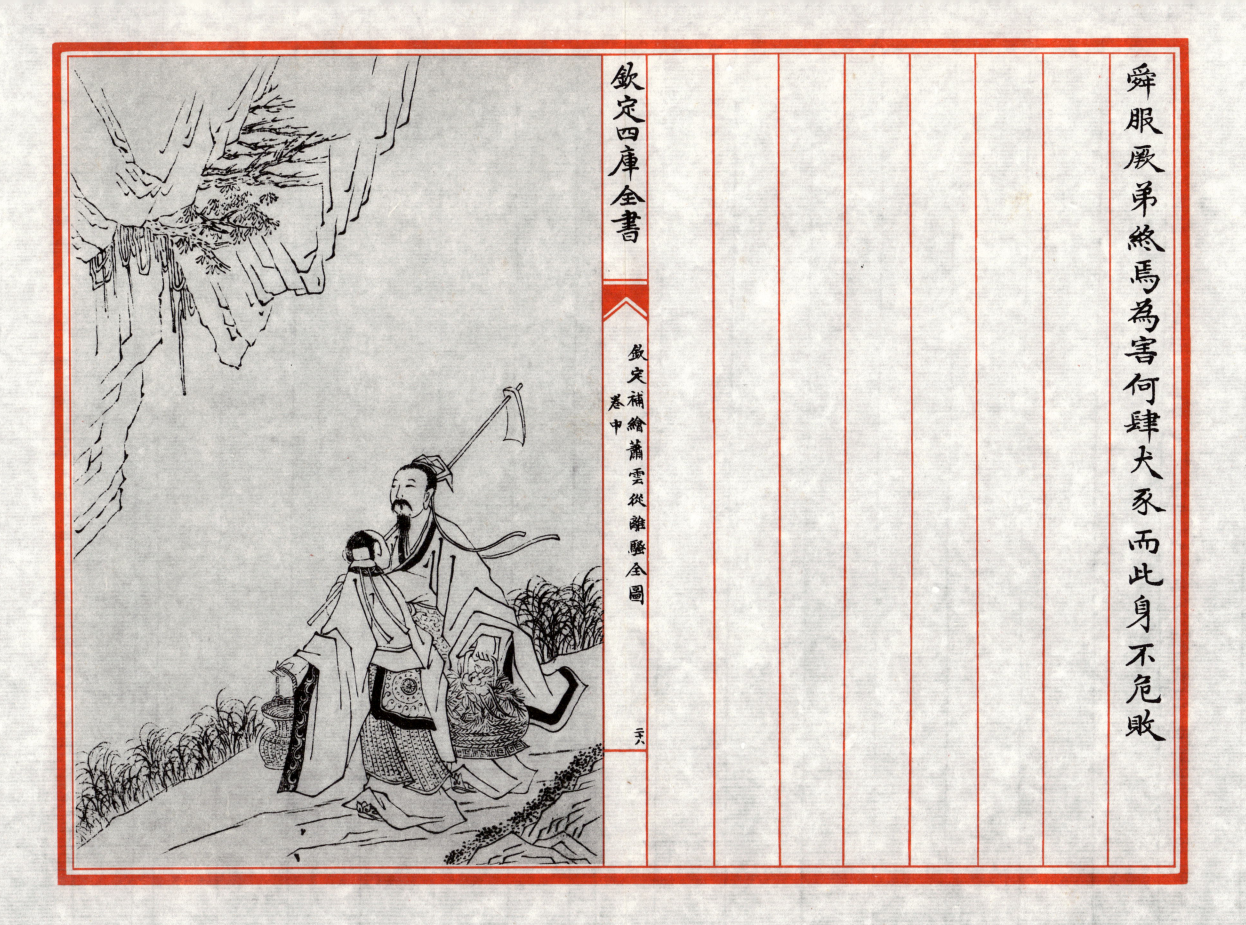

吳獲迄古南嶽是止孰期去斯得兩男子

緣鵠飾玉后帝是饗何承謀夏桀終以滅喪帝乃降觀下逢伊摯何條放致罰而黎服大說

簡狄在臺嚳何宜元鳥致詒女何喜

該秉季德厥父是臧

胡終弊於有扈牧夫牛羊

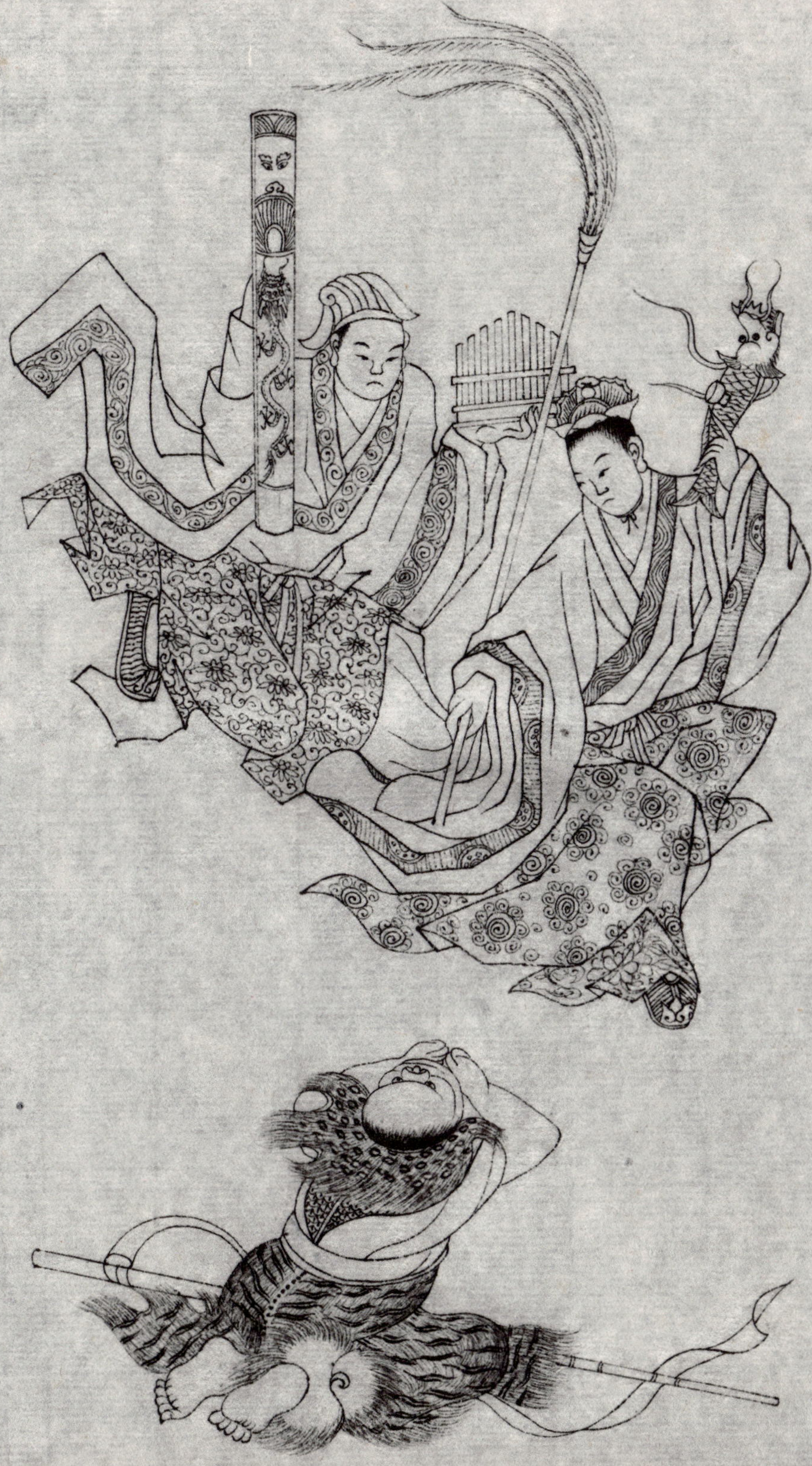

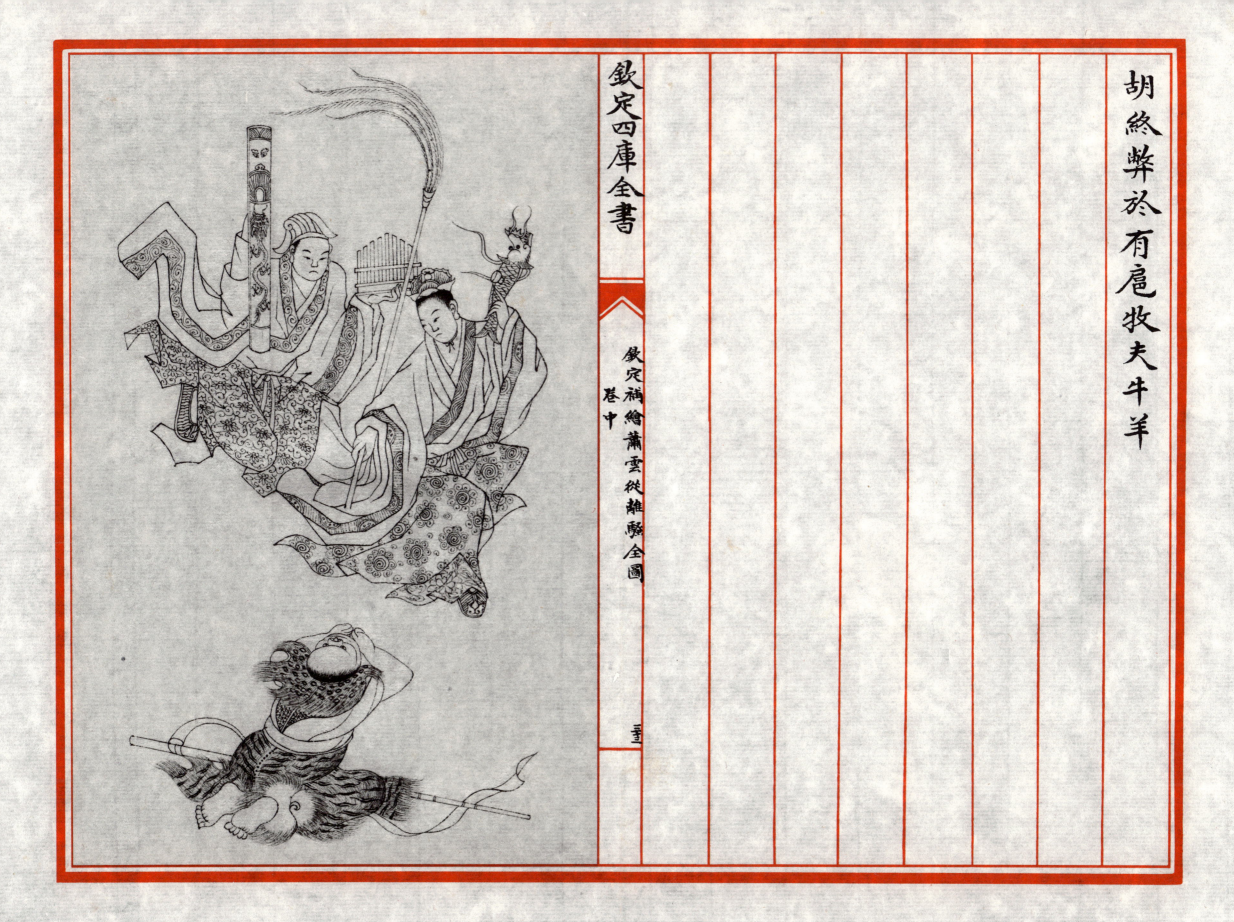

干協時舞何以懷之

平脅曼膚何以肥之

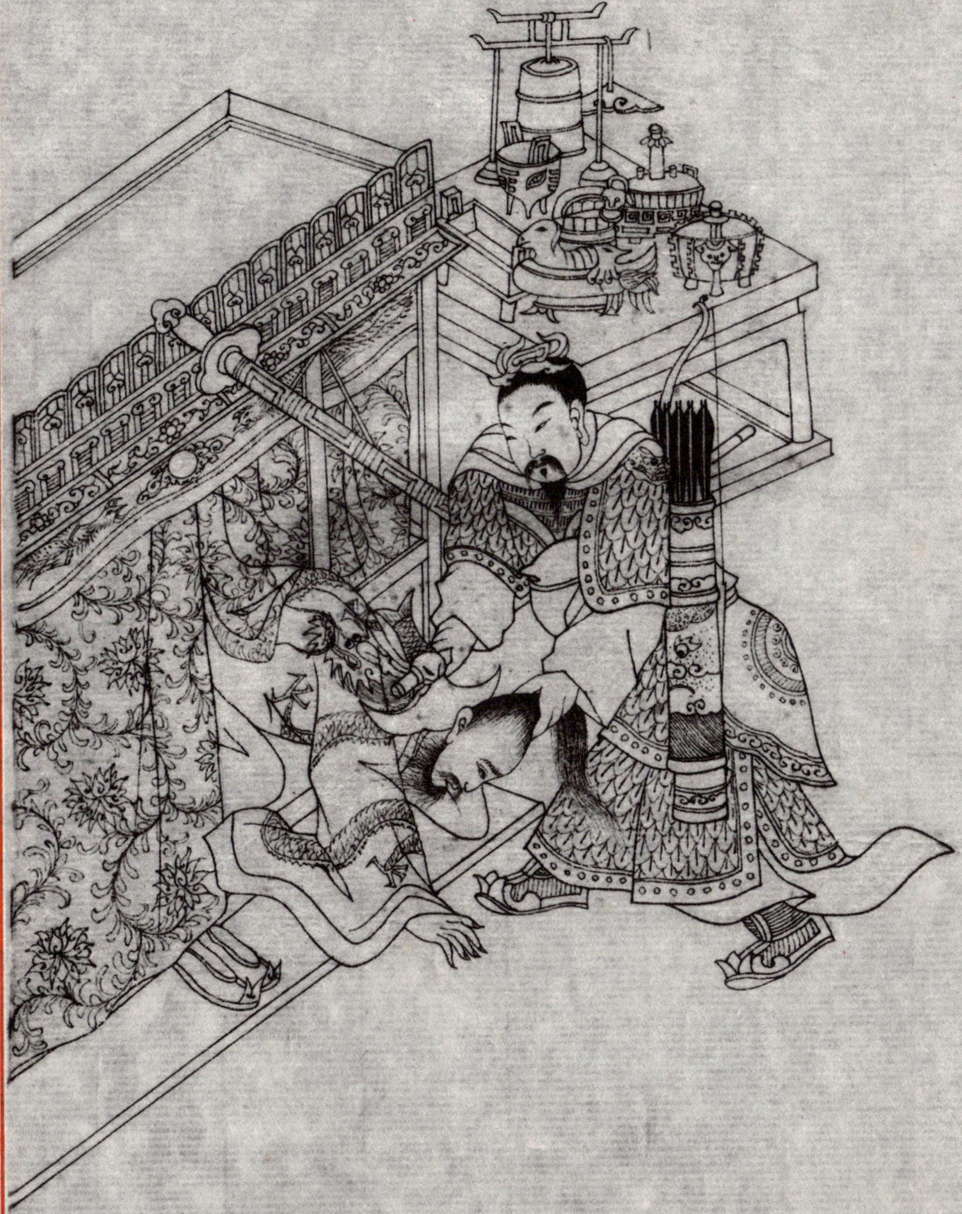

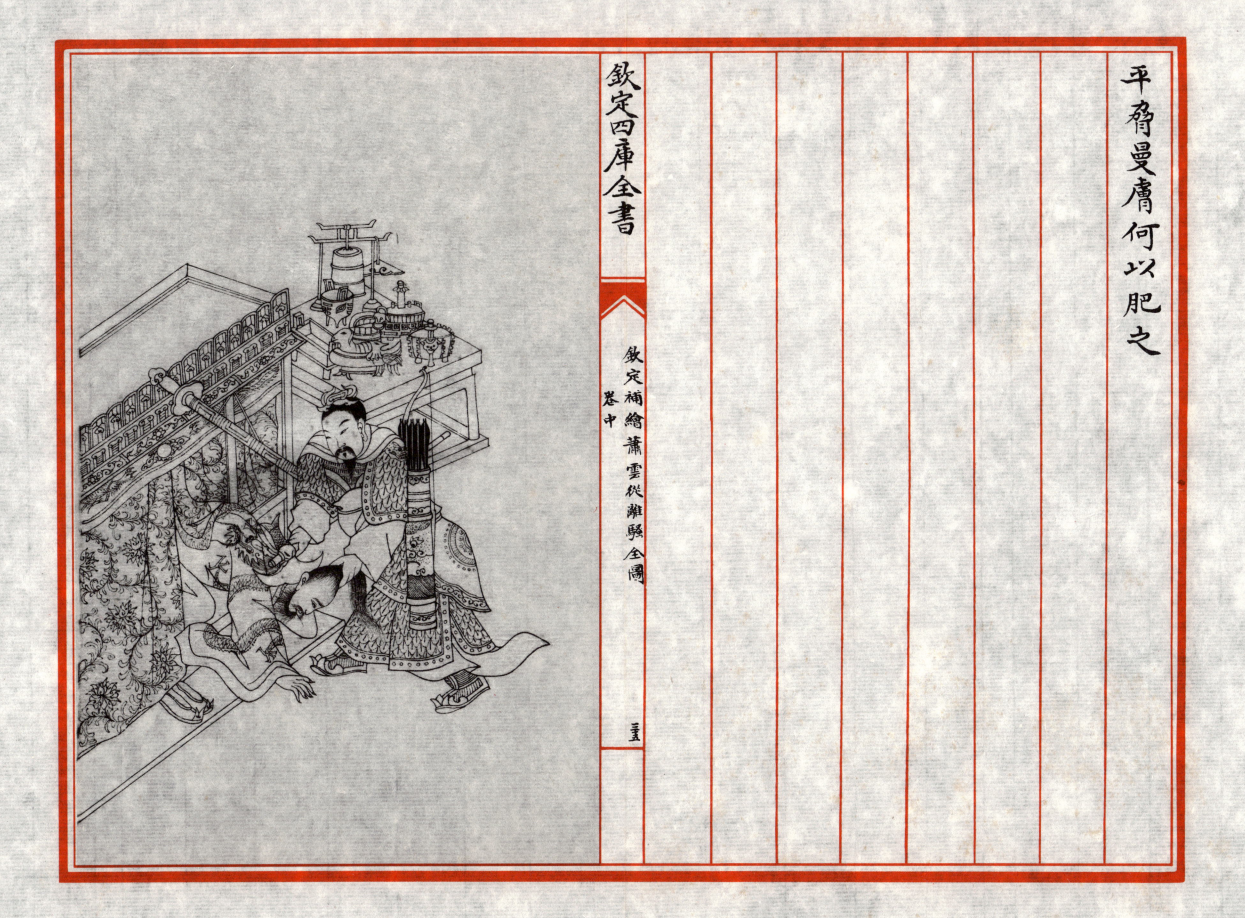

有扈牧豎云何而逢擊牀先出其命何從

恒秉季德焉得夫朴牛何往營班祿不但還來

昏微循迹有狄不寧何繁鳥萃棘負子肆情

眩弟並淫危害厥兄何變化以作詐而後嗣逢長

成湯東巡有莘爰極何乞彼小臣而吉妃是得水濱之木得彼小子夫何惡之媵有莘之婦湯出重泉夫何罪尤不勝心伐帝夫誰使挑之

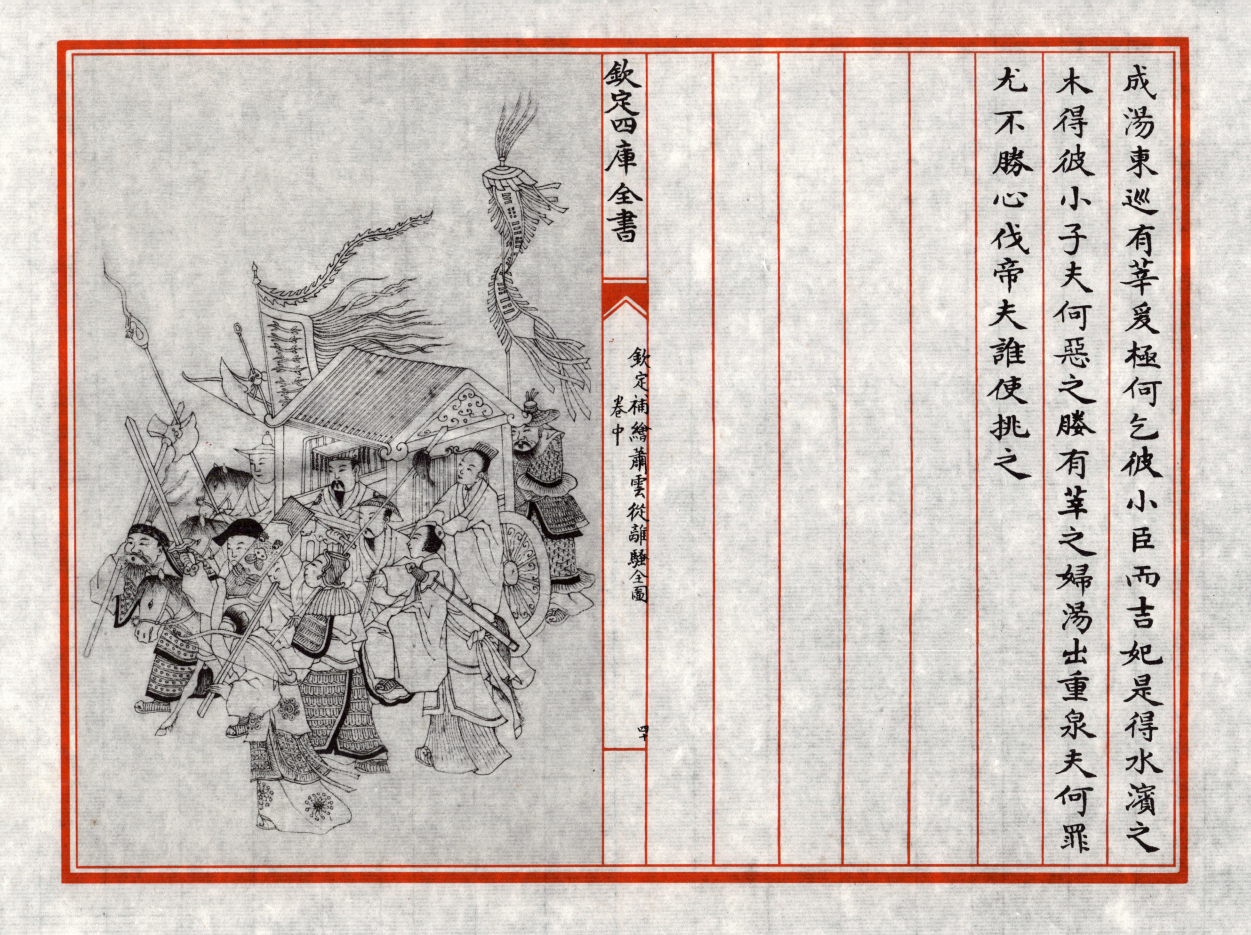

會朝爭盟何踐吾期

蒼鳥羣飛孰使萃之列擊紂躬叔旦不嘉何親揆發定
周之命以咨嗟授殷天下其位安施反成乃亡其罪伊
何爭遣伐罷何以行之並驅擊翼何以將之

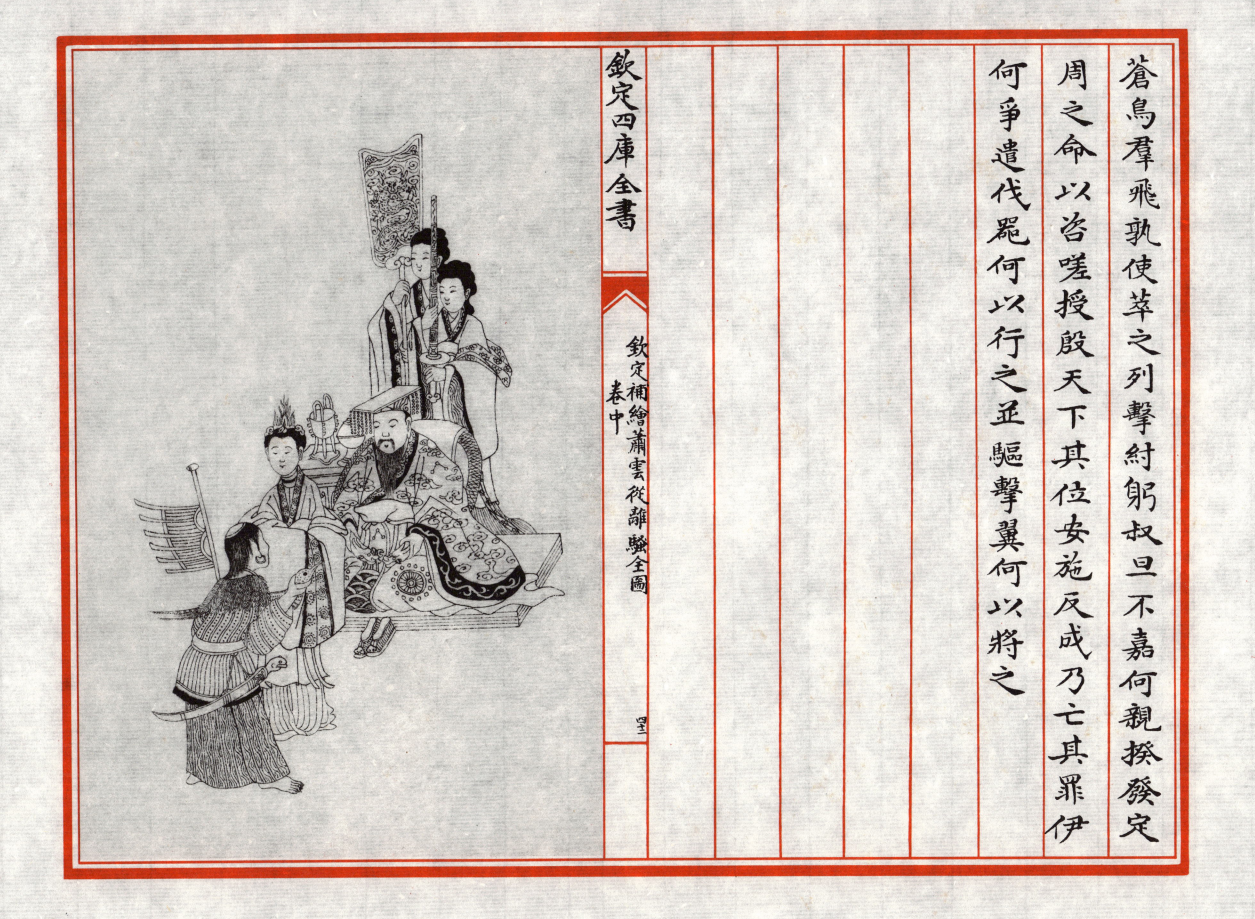

昭王成遊南土爰底厥利惟何逢彼白雉

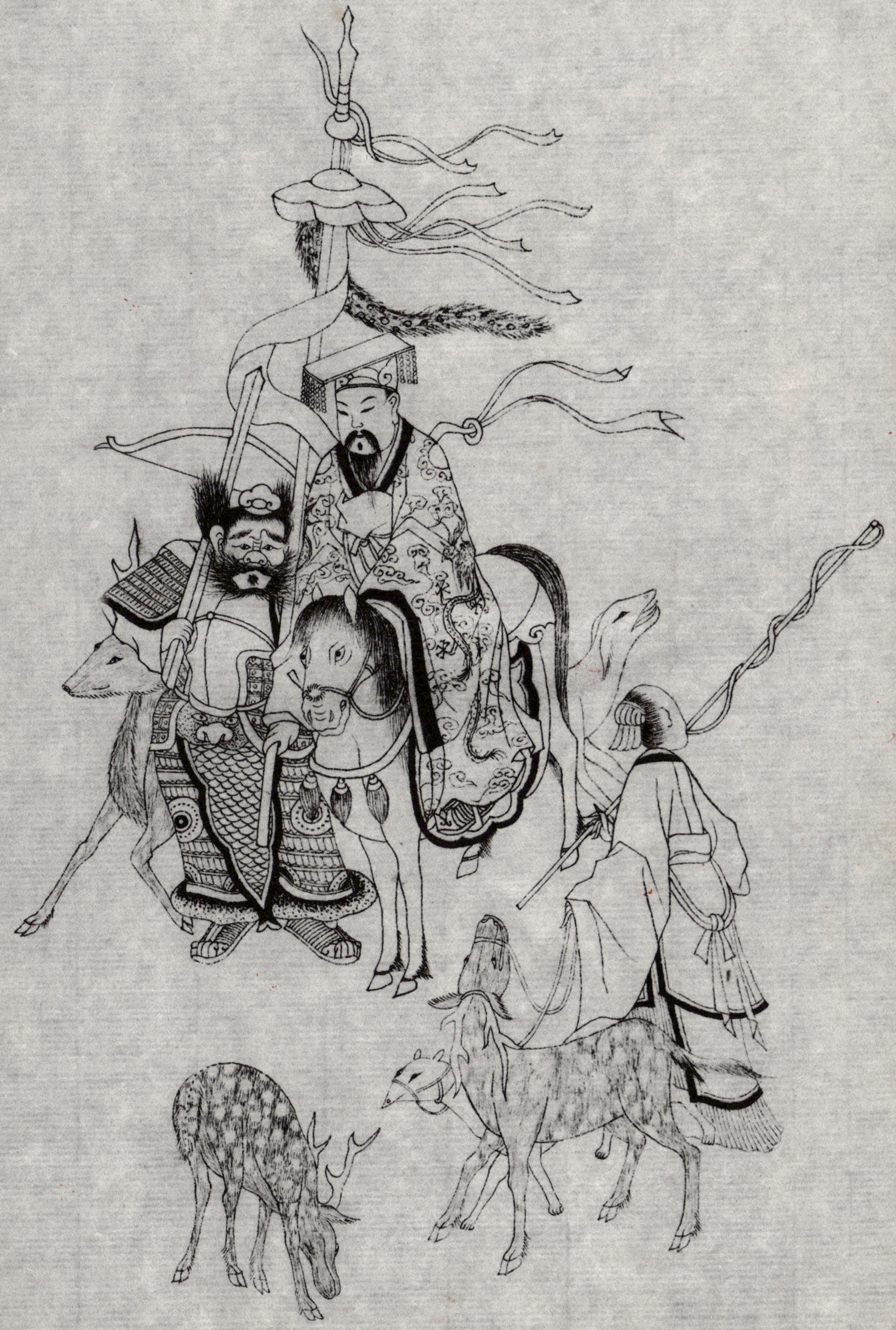

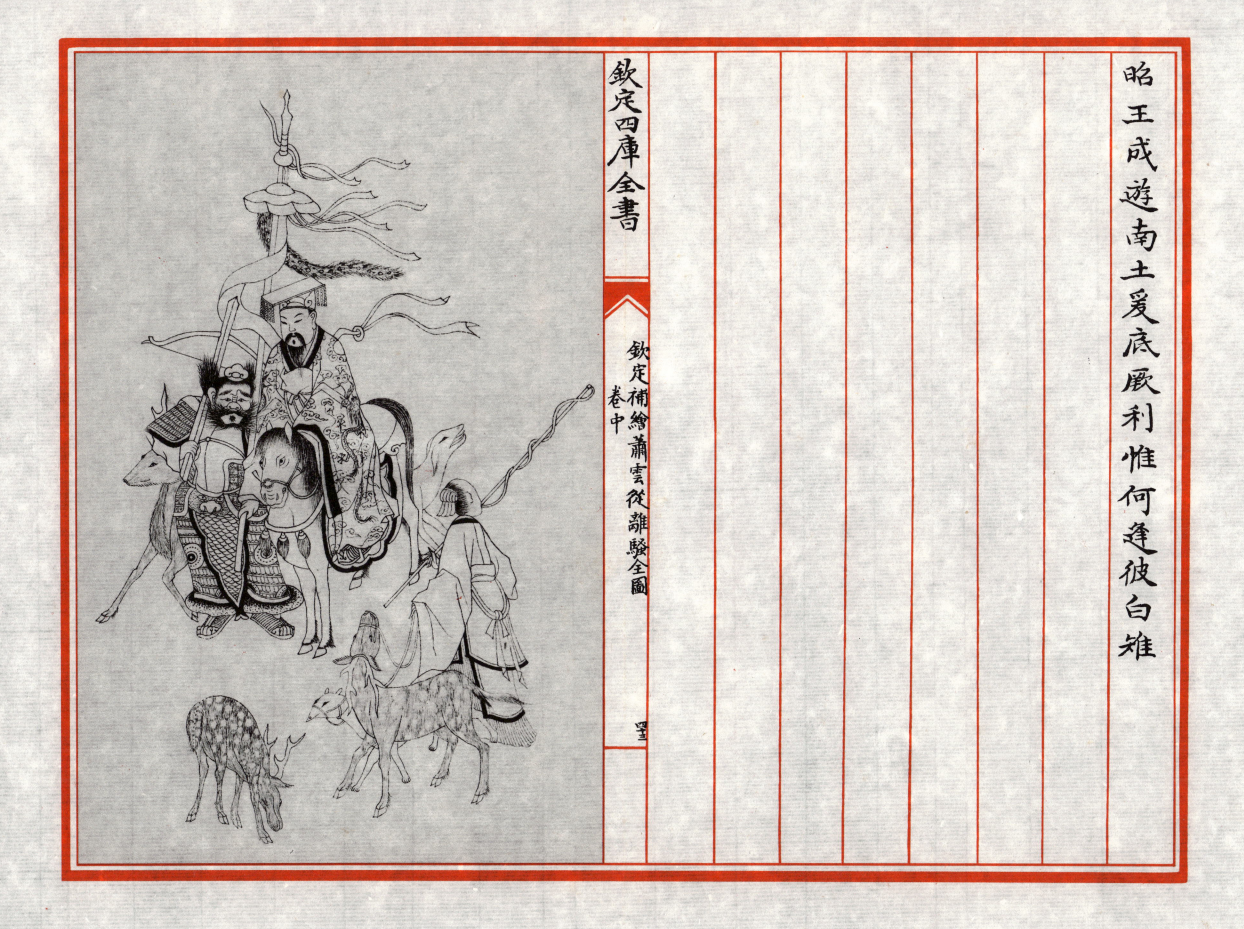

穆王巧梅夫何周流環理天下夫何索求妖夫曳銜何號于市周幽誰誅焉得夫褒姒

天命反側何罰何佑齊桓九會卒然身殺

彼王紂之躬孰使亂惑何惡輔弼讒諂是服比干何逆

而抑沈之雷開何順而賜封之何聖人之一德卒其

異方梅伯受醢箕子佯狂

稷維元子帝何竺之投之于冰上鳥何燠之何馮弓挾矢殊能將之既驚帝切激何逢長之伯昌號衰秉鞭作牧何令徹彼岐社命有殷國遷藏就岐何能依殷有惑婦何所譏受賜茲醢西伯上告何親就上帝罰殷之命以不救

師望在肆昌何志鼓刀揚聲后何喜武發殺殷何所悒
載尸集戰何所急

伯林雉經維其何故何感天仰地夫誰畏懼

皇天集命維何戒之受禮天下又使至代之初湯臣摯
後茲承輔何卒官湯尊食宗緒

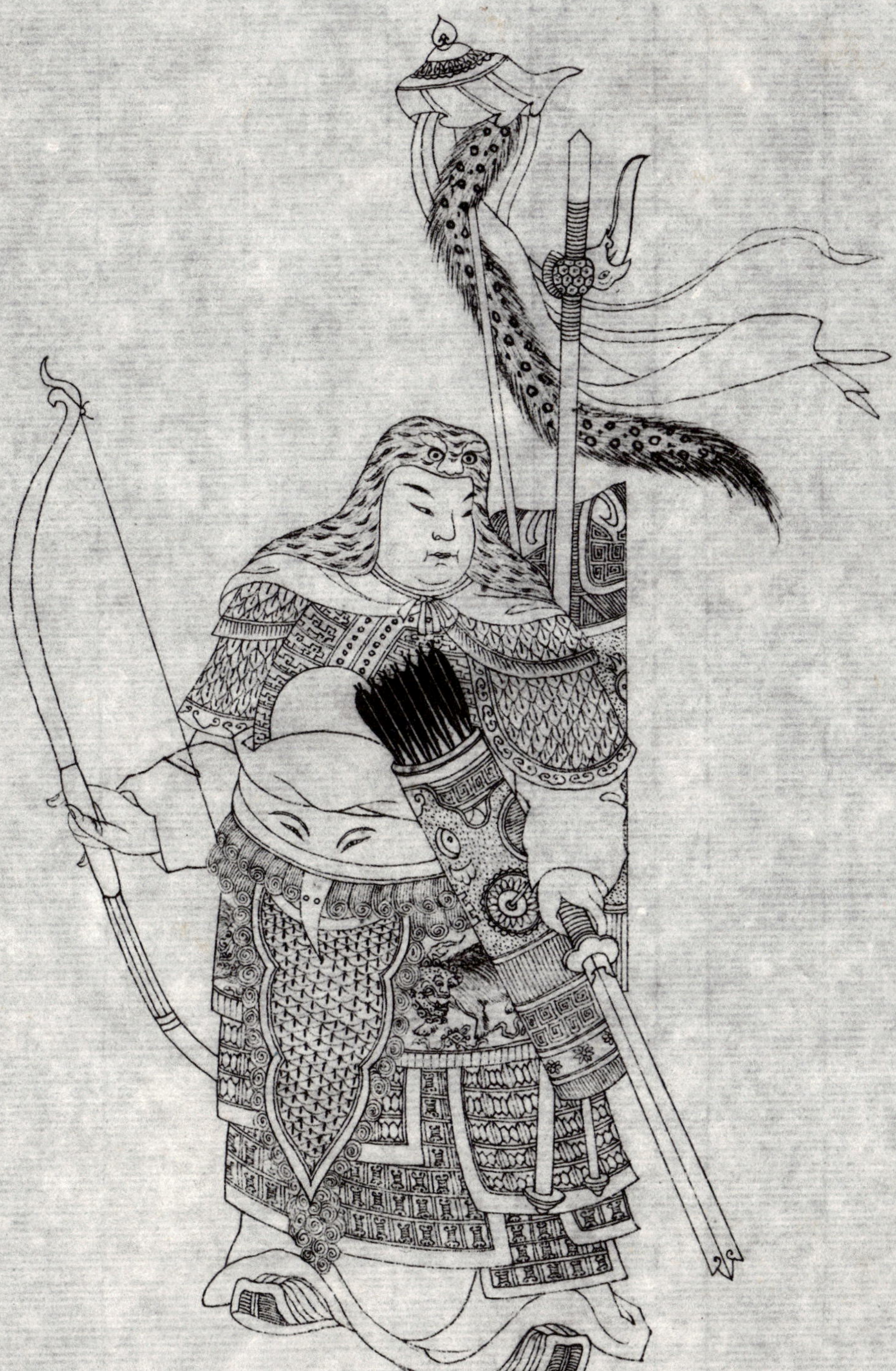

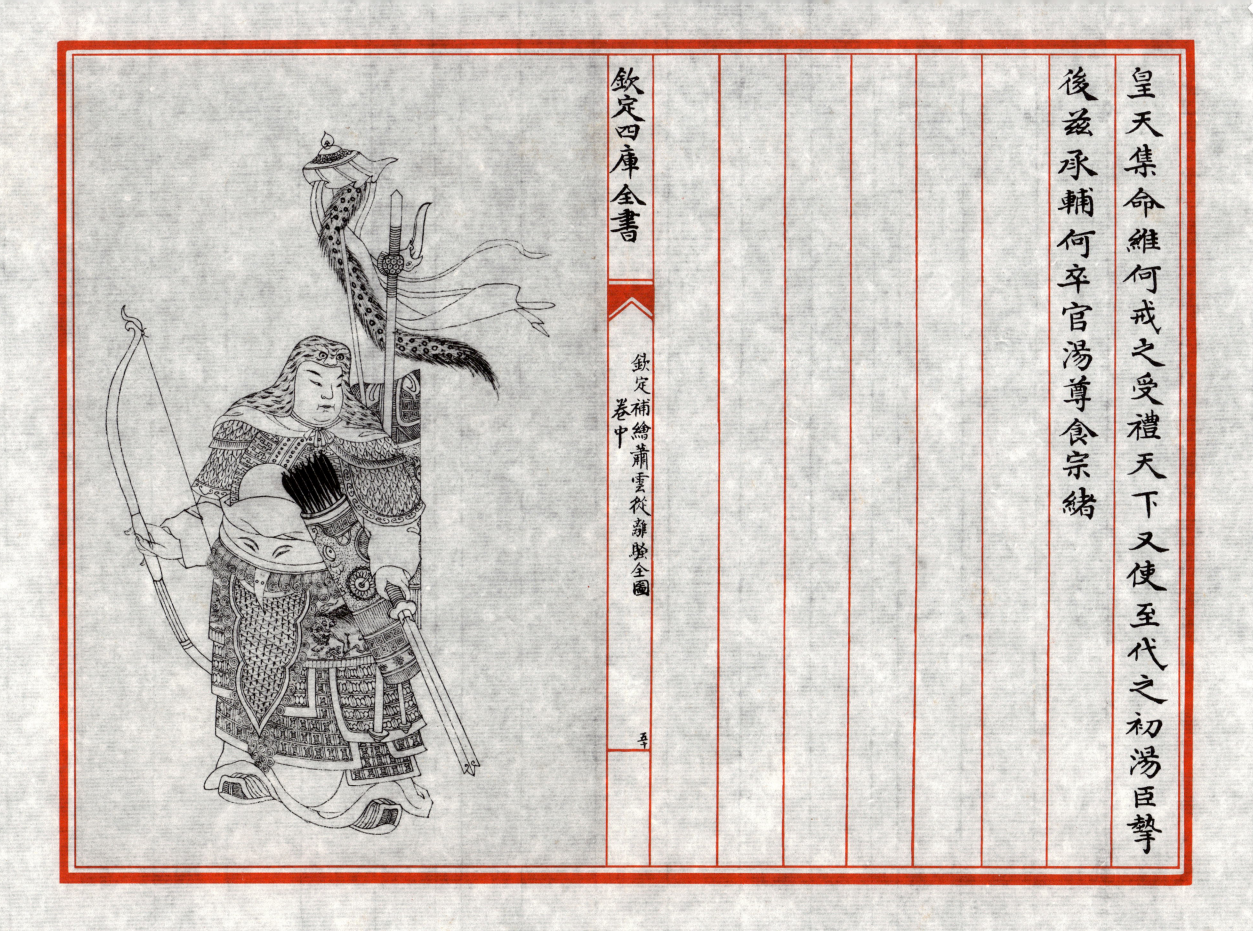

勳闔夢生少離散亡何壯武厲能流厥嚴

彭鏗斟雉帝何饗受壽永多夫何久

中央共牧后何怒蠭蟻微命力何固

驚女采薇鹿何祐北至回水萃何喜

兄有噬犬弟何欲易之以百兩卒無禄

薄暮雷電歸何憂厥嚴不奉帝何求伏匿穴處爰何云
荆勳作師夫何長悟過改更我又何言吳光爭國久余是
勝何環穿自閭社丘陵爰出子文吾告堵敖以不長何
試上自予忠名彌彰